Ce livre appartient à:

AndcéD.

NOTE AUX PARENTS

Dans *Voyage au fond des mers*, la jeune exploratrice Dora perd son bracelet spécial. Pour le récupérer, elle doit utiliser ses connaissances de l'anglais pour franchir chacune des étapes de la mission de secours. En répétant les mots anglais avec Dora, votre enfant fera la découverte d'une nouvelle langue tout en s'amusant.

Au fil de votre première lecture, portez une attention toute particulière aux mots qui apparaissent à la fois en français et en anglais dans les illustrations. Lisez les mots en anglais et les mots en français. Lisez ensuite l'histoire une autre fois et quand vous verrez les mots dans les illustrations, lisez le mot anglais et demandez à votre enfant s'il se souvient du mot équivalent en français. Quand l'occasion s'y prête, utilisez ces mots dans vos activités quotidiennes pour en favoriser l'apprentissage chez votre enfant.

Si vous voulez que votre enfant apprenne une deuxième langue, il convient de commencer le plus tôt possible. Des études démontrent que les enfants apprennent plus facilement une nouvelle langue que les adultes. Il existe d'ailleurs de nombreux programmes d'apprentissage des langues conçus spécifiquement pour des enfants. La connaissance de plus d'une langue constitue certes un précieux avantage dans le monde actuel.

Notion d'apprentissage : **lecture et langage**

Voyage au fond des mers

GLOSSAIRE FRANÇAIS/ANGLAIS et GUIDE DE PRONONCIATION

Français	Anglais	Prononciation
Merci	Thank you	thaïnque iou
Bonjour	Hello	hèl-lo
Ouvre	Open	ôpeune
Barrière	Gate	guéite
Baleine	Whale	wéile
Palourde	Clam	clam
Fenêtre	Window	ouine-dô
Griffe	Claw	claa

Note : le *th* est un son qui n'existe pas en français; il se prononce comme un « s », mais en mettant la langue entre les dents.

ISBN-13 : 978-0-7172-4190-3
ISBN-10 : 0-7172-4190-4

Dépôt légal - Bibliothèque et Archives nationales du Québec, 2006

Imprimé aux États-Unis

Voyage au fond des mers

Texte original de **Christine Ricci**

Illustrations de **Jason Fruchter**

GROLIER

Dora et Babouche sont à la plage aujourd'hui. Ils jouent dans l'eau quand soudain une vague vient se briser contre Dora, arrachant son bracelet, qui disparaît dans les flots.

« Oh, non! » s'écrie Dora. « Ce bracelet était
un cadeau de ma Mommy et de mon Daddy!
Je dois absolument le retrouver! »

« Comment va-t-on le retrouver? » demande Babouche. « L'océan est immense et ton bracelet est tout petit. »

« Hum », réfléchit Dora. « Qui nous aide à trouver notre chemin? »

« Carte! » appellent Dora et Babouche en chœur. Carte jaillit d'une des poches de Sac-à-dos.

« Je sais où se trouve le bracelet », dit Carte. « Il est à l'Épave. Pour s'y rendre, vous devez d'abord franchir la Barrière d'Algues. Ensuite, vous dépassez les Palourdes, puis vous arrivez à l'Épave où vous trouverez le bracelet. »

« *Thank you,* Carte », dit Dora.

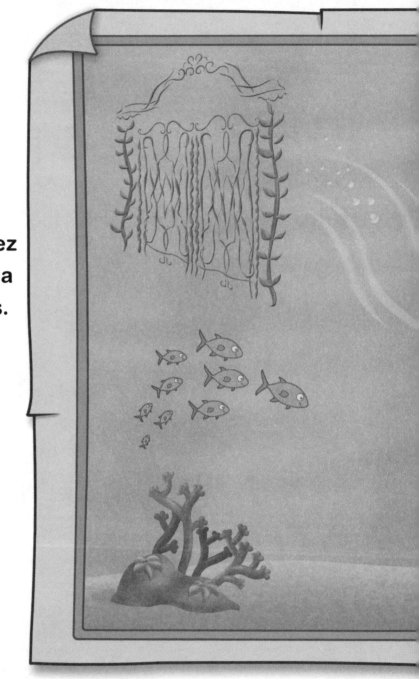

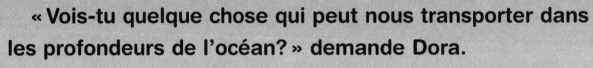

«Vois-tu quelque chose qui peut nous transporter dans les profondeurs de l'océan?» demande Dora.

Babouche scrute les alentours. «Je vois un sous-marin!» crie-t-il. «Il peut nous emmener sous l'eau.»

« Bonne idée! » lance Dora.
Babouche et Dora tirent le sous-marin jusque
dans l'eau, ouvrent le sas et montent à bord.

Le sous-marin descend lentement au fond de l'océan. Apparaît soudain un hippocampe.

« *Hello!* » les salue l'hippocampe. « Où allez-vous? »
« Nous allons à l'Épave pour y récupérer mon
bracelet », répond Dora.

« Oh! » fait l'hippocampe. « Pour y aller, vous devez connaître le mot-clé. Alors rappelez-vous ceci :
Pour franchir les obstacles en chemin,
Dites le mot anglais *Open!*

gate

barrière

Dora et Babouche remercient l'hippocampe et poursuivent leur route.

« Voici la Barrière d'Algues », annonce Babouche. « Mais elle est fermée. Il faut trouver un moyen de la franchir pour atteindre l'Épave. »

« Je vais faire ce que l'hippocampe nous a dit », suggère Dora. «*Gate, open!*»

La Barrière d'Algues s'ouvre, et Dora et Babouche la franchissent.

« Où va-t-on maintenant? » demande Babouche.

« Barrière d'Algues, Palourdes, Épave », dit Dora. « On vient de franchir la Barrière d'Algues, alors il faut trouver les Palourdes. Est-ce que tu vois les Palourdes? »

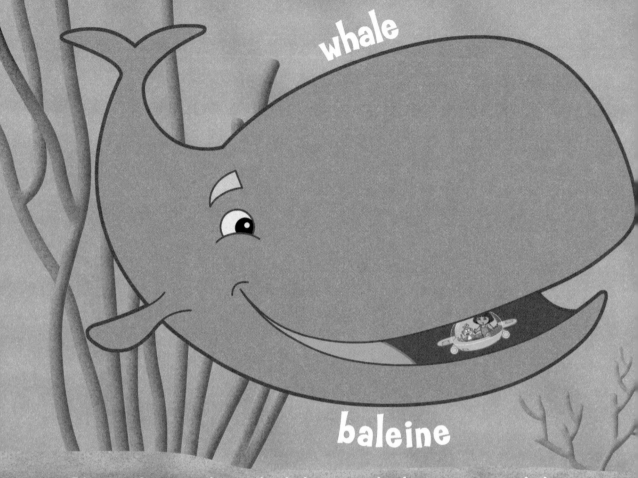

whale

baleine

C'est alors qu'une baleine avale le sous-marin!

« Oh, non! » s'écrie Dora. « Comment va-t-on se rendre à l'Épave pour récupérer mon bracelet? »

« Baleine, ouvre-toi! » ordonne Babouche. Mais la baleine refuse d'ouvrir la bouche.

« Souviens-toi de ce qu'a dit l'hippocampe », dit Dora.

« *Whale, open!* » crient Dora et Babouche.

La baleine ouvre la bouche, libérant le sous-marin de Dora et Babouche.

Dora et Babouche arrivent enfin aux Palourdes. Ils contournent la première palourde, passent par-dessus la seconde et sous la troisième. *Clac!* La quatrième palourde se referme sur le sous-marin.

« Nous sommes coincés! » s'écrie Dora.

« Heureusement, nous savons ce qu'il faut faire! »

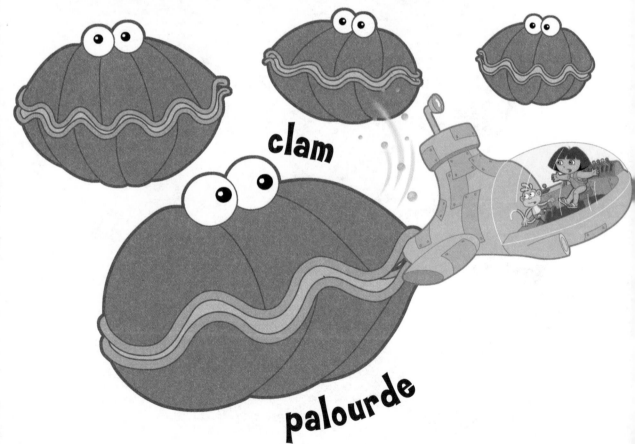

clam

palourde

« *Clam, open!* » crient de toutes leurs forces Dora et Babouche.

La palourde s'exécute aussitôt et libère nos amis.

« Ouf! On l'a échappé belle! » dit Babouche. « Vite, allons récupérer ton bracelet! »

« Voici l'Épave! » annonce Babouche. « Comment allons-nous y entrer ? »

« Il va falloir ouvrir une fenêtre », répond Dora.

window

fenêtre

«*Window, open!*» crient Dora et Babouche.
La fenêtre s'ouvre et le sous-marin s'engouffre
dans le bateau.

Dora et Babouche y découvrent un trésor scintillant.
« Vois-tu mon bracelet spécial? » demande Dora.
Babouche montre du doigt un baril derrière le plus
gros coffre au trésor. « Le voilà! »

C'est alors que surgit Chipeur le renard!
« Oh! Oh! Chipeur veut chiper ton bracelet! »
s'écrie Babouche.

Aussitôt, Dora et Babouche crient en chœur,
« Chipeur, arrête de chiper! »
« Oh, mince! » grogne Chipeur. Puis il s'éloigne
en nageant.

« Hourra! Nous avons vaincu Chipeur! » lance Babouche. « Récupérons maintenant ton bracelet. »

Dora et Babouche manipulent quelques leviers et boutons dans le sous-marin et une griffe géante apparaît. La griffe saisit le bracelet et le transporte vers le sous-marin.

claw

griffe

« Il faut maintenant que la griffe s'ouvre si je veux récupérer mon bracelet », dit Dora.

« *Claw, open!* » crient Dora et Babouche.

La griffe s'ouvre et le bracelet tombe dans le sous-marin.

« Je suis si heureuse d'avoir retrouvé mon bracelet! »
s'exclame Dora, en mettant le bracelet à son poignet.

À ce moment, l'hippocampe arrive en nageant devant le sous-marin. « Bravo! » dit-il. « Vous avez réussi votre mission en vous rappelant de dire le mot *Open!* »